La próxima vez que veas la

LUNA

Escrito por EMILY MORGAN

National Science Teachers Association

Arlington, Virginia

National Science Teachers Association

Claire Reinburg, Director
Wendy Rubin, Managing Editor
Andrew Cooke, Senior Editor
Amanda O'Brien, Associate Editor
Amy America, Book Acquisitions Coordinator

ART AND DESIGN
Will Thomas Jr., Director

PRINTING AND PRODUCTION
Catherine Lorrain, Director

NATIONAL SCIENCE TEACHERS ASSOCIATION
David L. Evans, Executive Director
David Beacom, Publisher
Tyson Brown, Director, New Products

1840 Wilson Blvd., Arlington, VA 22201
www.nsta.org/store
For customer service inquiries, please call 800-277-5300.

Lexile® measure: 940L

A Year of Moon Phases: 2015 (pp. 24–25) copyright ©2014 by W.L. Bohlayer, Celestial Products/MoonCalendar.com
Special thanks to Dean Regas, outreach astronomer at the Cincinnati Observatory Center, for reviewing this manuscript.

We also thank Alicia B. Fuentes for her lively, attentive translation of the text, and reviewers Agostina Moppett and Yvette
Rivera for their careful and thoughtful feedback.

*NSTA is committed to publishing material that promotes the best in inquiry-based science education. However, conditions
of actual use may vary, and the safety procedures and practices described in this book are intended to serve only as a guide.
Additional precautionary measures may be required. NSTA and the authors do not warrant or represent that the procedures
and practices in this book meet any safety code or standard of federal, state, or local regulations. NSTA and the authors
disclaim any liability for personal injury or damage to property arising out of or relating to the use of this book, including
any of the recommendations, instructions, or materials contained therein.*

PERMISSIONS
Book purchasers may photocopy, print, or e-mail up to five copies of an NSTA book chapter for personal use only;
this does not include display or promotional use. Elementary, middle, and high school teachers may reproduce
forms, sample documents, and single NSTA book chapters needed for classroom or noncommercial, professional-
development use only. E-book buyers may download files to multiple personal devices but are prohibited from
posting the files to third-party servers or websites, or from passing files to non-buyers. For additional permission
to photocopy or use material electronically from this NSTA Press book, please contact the Copyright Clearance
Center (CCC) (*www.copyright.com*; 978-750-8400). Please access *www.nsta.org/permissions* for further information
about NSTA's rights and permissions policies.

Library of Congress Cataloging-in-Publication Data
Names: Morgan, Emily R. (Emily Rachel), 1973- author.
Title: La próxima vez que veas la luna / por Emily Morgan.
Other titles: Next time you see the moon. Spanish
Description: Arlington, VA : NSTA Kids, [2016] | ?2014 | Audience: Ages
  7-10.? | Audience: K to grade 3.?
Identifiers: LCCN 2015042323 | ISBN 9781681402864 | ISBN 9781681402888 (epub)
Subjects: LCSH: Moon--Juvenile literature.
Classification: LCC QB582 .M6718 2014 | DDC 523.3--dc23 LC record available at http://lccn.loc.gov/2015042323

A mi querida amiga, Jenni Davis, por compartir conmigo las maravillas del cielo y muchas más.

"En cada encuentro con la naturaleza uno
recibe más de lo que uno espera encontrar."
— John Muir

Un mensaje para padres y profesores

Esta serie de libros fue diseñada para ser leída con un niño, después que él haya tenido alguna experiencia al observar algunos de los objetos destacados o fenómenos naturales. Por ejemplo, salgan y disfruten de una noche bajo un cielo claro, acostados sobre una manta, y miren a la Luna. Se puede averiguar por internet las horas de salida y puesta de la Luna en tu área correspondiente. Conversen sobre lo que observan y las preguntas que puedan tener. Compartan como se sienten mirando al cielo mientras están acostados. En las siguientes semanas, pongan atención a los cambios de la forma de la Luna día a día. Observen como algunas veces la Luna se puede ver de noche y otras veces de día. Quizá quieran anotar en un calendario las diferentes formas de la Luna y en un cuaderno sus observaciones o preguntas.

Después de que hayan tenido algunas experiencias observando nuestro bello satélite, pueden comenzar a leer juntos este libro. Tómense el tiempo para hacer una pausa y compartir sus aprendizajes y preguntas. Encontrarán que a menudo los nuevos aprendizajes conducen a tener más preguntas.

La serie de libros *La próxima vez que veas* no está diseñada solamente para memorizar los hechos que se presentan. Fue escrita para inspirar el interés por conocer lo maravilloso que existe sobre los objetos comunes o fenómenos naturales y también para fomentar el interés por aprender más sobre el mundo natural. Los niños tienen una fascinación natural hacia la Luna, y cuando aprenden que su forma cambiante es causada por su órbita alrededor de la Tierra, la Luna llega a ser aún más interesante. Mi deseo es que después de que usted y su hijo lean este libro, sientan una sensación maravillosa hacia la Luna, la próxima vez que la vean.

—Emily Morgan

La próxima vez que mires la Luna, mírala cuidadosamente por unos minutos.

¿Cómo describirías su forma?

¿Se parece a un círculo brillante, una pequeña franja de luz, o algo intermedio?

¿Alguna vez has reconocido un patrón en los cambios de la Luna?

La belleza y forma cambiante de la Luna ha sido una inspiración para el arte, música, poesía y cuentos a lo largo de la historia.

¿Alguna vez te has preguntado por qué la Luna parece tener diferentes formas en diferentes tiempos del mes?

¡Es debido a su órbita!

La órbita de la Luna es el camino que sigue en su viaje alrededor de la Tierra.

Las diferentes formas, o *fases* de la Luna, tienen que ver con su precisa ubicación en esta órbita.

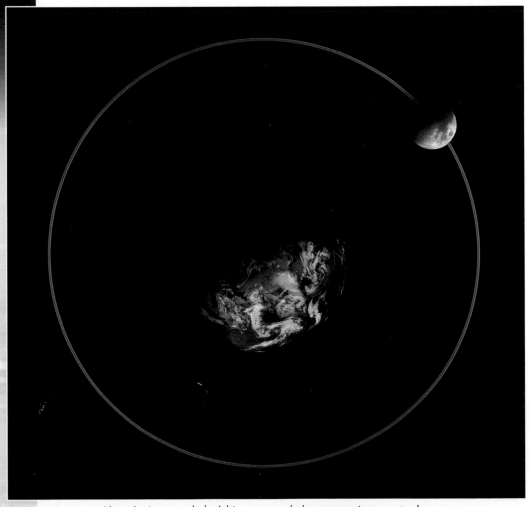

Nota: La imagen de la órbita no guarda las proporciones actuales.

La Luna no tiene luz propia.

Ella refleja la luz del Sol, como lo hace también
la Tierra y todos los otros planetas.

La mitad de la Luna está siempre iluminada por el Sol, pero cuando esa parte iluminada está en dirección contraria a la Tierra, no se puede ver.

Esta fase se llama *Luna Nueva*.

Mientras la Luna gira alrededor de la Tierra en su órbita, unos días después podemos comenzar a ver poco a poco la parte iluminada, una *Luna Creciente*.

Mientras la Luna continúa su trayectoria alrededor de la Tierra, día tras día vemos más de la parte que refleja la luz del Sol.

Cuando podemos ver la mitad de la parte iluminada, a ésto le llamamos *Cuarto Creciente*.

Cuando la posición de la Luna en su órbita nos permite ver más de la mitad de la parte iluminada, pero no toda, a eso se le llama *Luna Menguante*.

Después de varios días, podemos ver la Luna completamente iluminada, una bella *Luna Llena*.

A medida que la Luna sigue en su órbita, vemos menos el lado que está reflejando la luz del Sol.

Vemos nuevamente una Luna Menguante, pero esta vez la luz del Sol está en el lado opuesto de la Luna.

La Luna Menguante es seguida por el último *Cuarto Menguante*.

Unos días después, podemos anticipar ver otra Luna Creciente.

Luego, estamos de vuelta en la fase de Luna Nueva, y entonces el ciclo comienza nuevamente.

Si mantienes por un tiempo un registro de las fases de la Luna, descubrirás que toma casi un mes (en realidad, un poco más de 29 días) para observar todas las etapas de la Luna.

Esto es porque toma casi un mes para que la Luna complete su órbita alrededor de la Tierra.

Por lo tanto, si miras a la Luna hoy, sabe que verás la misma fase en un mes a partir de este momento.

Las fases de la Luna siempre ocurren en el mismo orden.

En los días posteriores a una Luna Nueva, podemos ver más y más su lado iluminado. A ésto le llamamos *Luna Creciente* cuando está creciendo.

Por supuesto, la Luna no está *creciendo* en tamaño; solo estamos viendo más su lado iluminado mientras la Luna gira en su órbita alrededor de la Tierra.

Luna Nueva   Luna Nueva   Cuarto   Luna Gibosa   Luna
               Creciente   Creciente   Creciente

Después de una Luna Llena, se comienza a ver menos su lado iluminado. Se dice que la Luna es *Menguante*, que quiere decir que se está contrayendo.

Se ve menos y menos de su lado iluminado hasta que regresamos a una Luna Nueva y el ciclo comienza nuevamente.

Todos estos cambios ocurren porque la Luna está girando en su órbita alrededor de la Tierra.

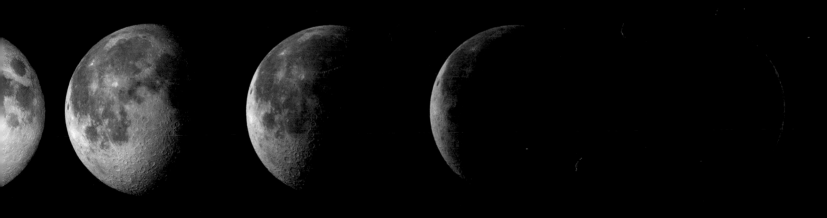

lena   Luna Gibosa   Cuarto   Luna   Luna Nueva
              Menguante   Menguante   Menguante

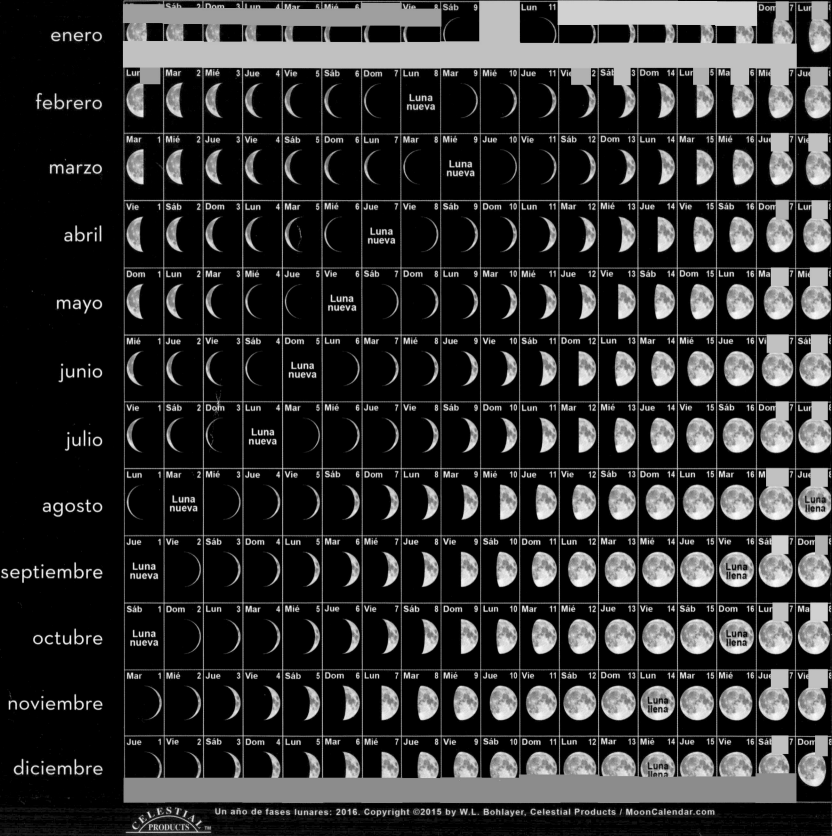

Un año de fases lunares: 2016. Copyright ©2015 by W.L. Bohlayer, Celestial Products / MoonCalendar.com

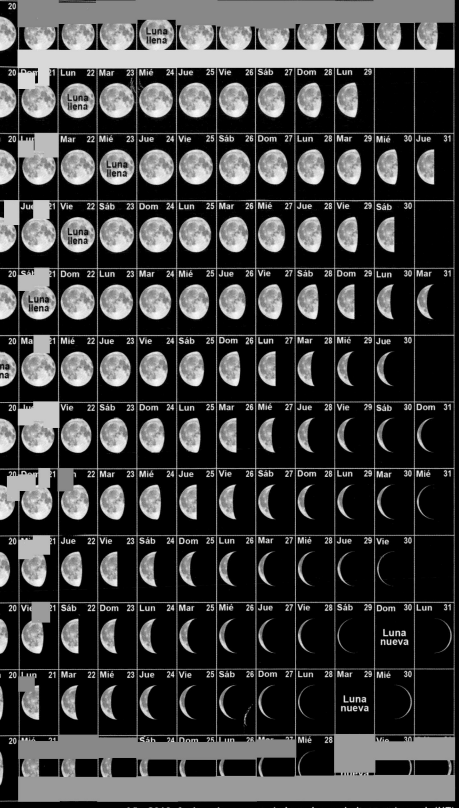

Año 2016: fechas de ocurrencia basadas en la hora universal. (UT)

gira en su órbita en la misma dirección y toma la misma cantidad de tiempo para completar su trayectoria alrededor de la Tierra.

Entonces las fases de la Luna son regulares y previsibles.

De hecho, los científicos saben qué fase de la Luna será en determinada fecha –incluso en miles de años en el futuro!

¿No es eso increíble?

Cuando mires la Luna de noche, es definitivamente el objeto más brillante en el cielo oscuro.

Lo cual es probablemente la razón por la que la vemos más durante la noche que durante el día.

Pero si observamos con cuidado, se puede ver la Luna durante el día muy a menudo.

Las horas de salida y puesta de la Luna son diferentes cada día, debido a que mientras la Tierra está girando, la Luna gira en su órbita.

A veces la Luna sale por la noche, y otras veces durante el día.

Algo que siempre permanece igual: la Luna sale en el cielo oriental y se pone en el cielo occidental, igual que el Sol y las estrellas, debido a que la Tierra gira siempre en la misma dirección.

Así que la próxima vez que veas la Luna, recuerda que la forma que toma depende de donde la Luna se encuentra en su órbita alrededor de la Tierra.

La mitad de la Luna siempre está reflejando la luz del Sol, y mientras la Luna viaja alrededor de nuestro planeta podemos ver las diferentes partes de su lado iluminado.

¿No es eso sorprendente?

Acerca de las fotos

Una familia debajo la Luna
(Tom Uhlman)

Un niño señalando a la Luna
(Tom Uhlman)

Starry Night de Van Gogh
(Getty Images)

La Luna en órbita
(NASA)

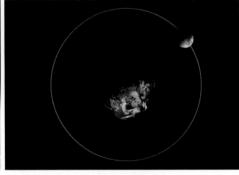

La Luna en órbita
(Getty Images)

La Luna y la Tierra
(NASA)

Luna Creciente
(Steven David Johnson)

Cuarto Creciente
(Judd Patterson)

Luna Gibosa
(NASA)

Luna Llena
(Steven David Johnson)

Luna Gibosa
(NASA)

Cuarto Menguante
(NASA)

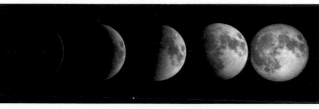

Las fases de la Luna
(NASA)

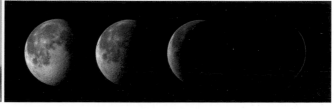

Luna Menguante
(Tom Uhlman)

Niños observando la Luna
(Tom Uhlman)

Las fases de la Luna
(NASA)

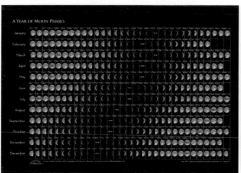

Calendario de las fases de la Luna
(Mooncalendars.com)

Luna Gibosa
(Steven David Johnson)

La Luna en el anochecer
(Judd Patterson)

Observando la Luna de noche
(Tom Uhlman)

Preparación del modelo de la Luna
(Steven David Johnson)

Modelo de la Luna en movimiento
(Steven David Johnson)

Actividades para fomentar la sensación de asombro hacia la Luna.

❖ Usa un modelo para ayudar a entender cómo la Luna cambia de formas al girar en su órbita alrededor de la Tierra.

❖ Utiliza una lámpara para representar el Sol y una bola de espuma para representar la Luna. Tu cabeza representará la Tierra. Mientras haces que la bola gire su órbita alrededor de tu cabeza, notarás que diferentes lados de la bola son iluminados por la lámpara (a).

❖ Por ejemplo, cuando la bola esté en esta posición en su órbita alrededor de tu cabeza, puedes ver una pequeña franja de la parte iluminada de la bola – una Luna Creciente (b). Mantén la bola en órbita alrededor de tu cabeza para poder ver todas las fases de la Luna. Un video de esta actividad se puede encontrar en *www.nsta.org/nexttime-moon*.

❖ Mantén un calendario de la Luna para anotar la forma que la Luna toma cada día. Busca patrones y pronostica la próxima fase.

❖ Utiliza el Simulador de las Fases de la Luna de NASA para mover la Luna en su órbita y ver qué fase de la Luna vamos a ver desde la Tierra.

❖ Utiliza el "Calendario de la Luna" localizado en la página web de Conexiones de la Luna, para ver en qué fase la Luna estará en tu próximo cumpleaños o tu cumpleaños dentro de diez años. También puedes comparar las fases de la Luna que se ven en el Hemisferio Sur con las que se ven en el Hemisferio Norte.

Sitios Web

Simulador sobre las fases de la Luna de NASA
http://astro.unl.edu/classaction/animations/lunarcycles/lunarapplet.html

Conexiones de la Luna "Calendario de la Luna"
www.moonconnection.com/moon_phases_calendar.phtml

Serie *La próxima vez que veas* *www.nexttimeyousee.com*

Actividades de aprendizaje se pueden encontrar en
www.nsta.org/nexttime-moon.

*Nota. El orden de las fases de la Luna mostradas en este libro y las explicaciones presentadas se aplican al Hemisferio Norte de la Tierra.